너처럼 예쁘다

문철호 제2시집

시음사
시사랑음악사랑

시인의 말

　자연은 예나 지금이나 변함이 없습니다. 따뜻한 남쪽에서 꽃바람이 불고 꽃비가 내리자 나목裸木에 아름다운 매화와 산수유꽃, 백목련과 자목련, 개나리와 진달래, 명자꽃과 벚꽃이 여기저기에 흐드러지게 피고 지며 변검술變臉術 하듯 아름다운 봄의 향연饗宴이 펼쳐집니다.

　그러나 세상은 코로나19(COVID-19 · 신종 코로나바이러스 감염증)라는 귀신보다 더 무서운 바이러스에 속수무책으로 당하며 불안과 공포에 떨고 있습니다. 세계 각국에서 확진자와 사망자가 속출하는 위기 상황입니다. 하늘길과 바닷길을 막고, 지역 봉쇄조치 및 사회적 거리두기, 휴교 및 개학 연기, 휴지 및 생필품 사재기, 마스크 부족 사태 등 많은 일이 일어나고 있습니다.

　이런 상황에서 바깥 활동을 자제하며 꽃 피는 봄에 아름다운 자연을 그림처럼 감상해야 하는 현실이 안타깝습니다. 많은 국민이 경제적 어려움을 겪고 있으며, 불안감과 우울감을 겪는 비율도 높아지고 있습니다. 이렇게 삶이 힘들 때 가장 필요한 것은 '위로慰勞'입니다.

시인으로서 마음의 위로를 시편詩篇으로 나누고 싶습니다. 삶에 지친 영혼들이 시꽃 활짝 핀 시막詩幕에 마실 와서 걱정거리를 내려놓고 푹 쉬었다 가면 좋겠습니다. 시를 읽으며 마음의 치유와 삶의 활력을 되찾으면 더 좋겠습니다. 오늘은 백상아리 같은 거친 파도가 하얀 이를 드러내고 금빛 모래밭을 덮쳤지만, 내일은 그곳에 아름다운 감풀이 시원하고 넉넉하게 펼쳐지리라 믿습니다.

제1 시집《금강하굿둑에서》를 출간한 지 2년이 지난 오늘 제2 시집을 선뵙니다. 그때나 지금이나 설렘으로 가슴이 콩닥거립니다. 시의 핵심어도 '자연, 순수, 사랑'으로 여전합니다. 앞으로도 초심을 지키며 겨우내 얼었던 나목裸木에서 봄이면 꽃이 피듯 창작하렵니다. 삶에 지친 영혼들이 꽃향기에 흠뻑 취해 미음완보微吟緩步 하는 기쁜 날을 소망합니다.

경자년庚子年 봄, 글꽃마을에서
백하柏下 문철호

♣ 목차

♣ 목차

♣ 목차

♣ 목차

비꽃

홍매화 활짝 피었네 볼 빠알간 사춘기
비꽃이 까치발 딛고 사뿐사뿐 나서네

마음을 흔들고

매화향 가득가득한 이 세상에 사랑을
꽃잎은 바람을 타고 내 마음을 흔드네

벗꽃

는개비 소리도 없이 성큼성큼 내딛고
벗꽃은 꽃비가 되어 내 마음을 적시네

개나리

창밖에 바람은 불고 처량하다 빗방울
개나리 봄이 왔다고 하늘하늘 붙드네

유채꽃

빗소리 발걸음 맞춰 투둑투둑 툭툭툭
유채꽃 정갈하게 핀 미리내길 총총총

그리운 사람

산수유 노란 꽃망울 왁자지껄 벌떼가
봄비에 보고픈 사람 가슴 속에 그리네

마음

이팝꽃 벙그는 곳에 풍요롭다 마음이
연분홍 진달래 꽃은 어이해서 슬픈가

상사화 사랑

너와 나 죽어서도 만날 수 없는 상사화
잎보다 먼저 피어 끝내 볼 수 없는 사랑

동백꽃

동백꽃 임 그리다가 흰 눈 속에 피었네
죽어서도 그리워 차마 감지 못한 두 눈

진실

세월호 일공칠삼일 풀어야지 진실을
애들이 꿈꾸는 세상 언젠가는 이루리

입춘첩立春帖

입춘첩
붙이는 날
손 모아 기원하네

도투락 울 아기씨
수줍게 볼 붉히고

물먹은 상현上弦달 보며 보고 싶다 그대여

골안개

깊은 밤
후득후득
빗소리에 잠을 깨어

그리움
사무쳐서
뜬눈으로 밤을 지새우고

비 울음
골안개 타고
산골짜기 무진기행霧津紀行

너

내
두근두근 가슴속
쿵쾅쿵쾅 뛰는 심장에
붉디붉은 장미보다
더 붉게 핀
한 송이 꽃

냇물

졸~졸
흐르는 냇물
냇물은 멋진 합창단
이쪽에서 졸졸 저쪽에서 쫄쫄
냇물은 냇물은
멋진 음악 가족

나무

도화지 같은 세상에 나무 한 그루
신비한 봄을 잉태한 채 서 있고
솔솔바람에 일곱 빛깔 무지개가 핀다

무지개 꽃 진 자리에 나무 한 그루
눈부시게 아름다운 갈맷빛을 품고
박초풍舶趠風에 팔색조 카멜레온이 된다

낯설다

그제도 낯설었다
어제도 낯설었다

오늘도 낯설다

내일도 낯설 것이다
모레도 낯설 것이다

눈빛 마주친 너와 나
바람처럼 스쳐 가는 사람들

절개節介

수줍어
붉힌 얼굴
물오른 뽀얀 속살

수양산首陽山 백이숙제伯夷叔齊
서불徐市의 불로초不老草인가

꽃대궁 살포시 잡고 매죽헌梅竹軒을 그리네

태평소 太平簫

태평성대太平聖代를 빕니다

즐겁고 신명 나는 곡조曲調
우리와 한 몸이 되었다

한판 흐드러지게
어깨춤을 추면서 신명이 난다

태평성대太平聖代를 빕니다

가을 숲에 귀를 기울이면

가을 숲에 귀를 기울이면

분홍 가을
먹색 가을
은빛 가을
파란 가을

이른 햇살 훔치며 고갤 삐죽 내민다

은세계 銀世界

은세계銀世界 포근함 속에 막대 멘 늙은 중이
백구白狗와 껑충껑충 발자국 도장 찍으며
길짐승 나다닐 지름길을 만들면서 걷고 있구나

기생충寄生蟲

봉奉 감독의 기생충parasite은
세계인의 기립 박수받으며
우리 영화사 백 년 만에
아카데미academy 작품상을 받더라

짜파게티가 너구리를 만나
신종 짜파구리 괴물이 태어나고
마약에 취한 듯 소스sauce 묻히며
미친 듯이 젓가락질한다

세종의 훈민정음 서문序文에서
앞을 내다보고 불러준 이름 중국
그 땅 우한武漢에서 불미스럽게
알 수 없는 바이러스가 주목 받더라

코로나 바이러스가 숙주를 만나
신종 코로나 바이러스가 태어나고
망나니가 형장에서 막걸리 뿜듯
비말飛沫로 생명을 위협한다

들길에 봄 쑥이 파릇파릇 움트고
산에 매화가 피고 목련이 망울지며
경칩驚蟄에 개구리가 깨어나는 봄
처용무處容舞에 처용가處容歌를 부를까

코로나19보다 무서운 것

하늘이시여!
우리를 구하소서.
옛날 옛적에 호랑이 담배 피우던 시절
사람의 목숨을 앗아가기도 했다고
재산인 마소를 잡아가기도 했다지
나라님보다 두려웠다는 이 땅의 호랑이
곶감이 무서워 꼭꼭 숨어버린 겁쟁이
멧돼지가 판치는 오늘 쑥대밭 되었네
아, 무상無常하여라!

하늘이시여!
나라를 구하소서.
엎드려 마마께 통촉하여 달라던 시절
잘난 마마도 두려워 벌벌 기었다고
목숨을 쥐락펴락 마맛자국 남겼다지
마마보다 두려웠다는 신국神國의 별성마마別星媽媽
종두種痘가 무서워 숨어버린 겁쟁이
코로나19가 판치는 오늘 쑥대밭 되었네
아, 무상無常하여라!

하늘이시여!

세상을 구하소서.

호환虎患보다 무서웠던 가혹한 정치

마마媽媽보다 두려웠던 무능한 마마

호랑이와 별성마마보다 어마어마한 코로나19

너는 분명히 겁쟁이처럼 숨게 될 거야

우리에게는 하늘도 두렵지 않은 종교인

권력의 나팔수로 진실을 왜곡하는 언론

책임 전가만 일삼는 불통의 정치인이 있거든

진풍경珍風景

태어난 연도별 신분증 확인하고
주週 두 장 마스크 사는 진풍경
어느 나라는 월급을 다 털어줘도
살 수 없다는 보도가 어이없는 세상

괴물怪物이 되어 버린 바이러스가
콜럼버스Columbus의 이탈리아에서
그가 최초로 발견한 아메리카까지
초토화焦土化할 풍전등화 같은 현실

입국 금지와 사회적 거리 두기까지
우리 얼굴에 웃음기 뺏어간 지금
괴물 바이러스를 물리칠 치료 약
생명을 지켜줄 예방 백신은 없는가

괴물 바이러스가 생명을 위협하고
비말飛沫이 생명을 위협하는 세상
집 밖에 꽃은 여전히 아름다운데
봄꽃은 그림 속 꽃이 되는 진풍경

개나리2

계절의 여왕 진선미眞善美 선발
어떤 봄꽃과 견주어도 손색없는
아름다운 봄꽃 처녀 개나리

머리카락 치렁치렁 늘어뜨리고
꽃샘추위에도 의연毅然한 모습
풍진세상 살아온 겨레와 닮았다

윤기 나는 삼단 같은 머리카락
명주바람에 살랑살랑 흔들며
발걸음을 멈추게 하는 개나리

따뜻한 남쪽 나라 봄소식을
한아름 안겨주는 봄의 정령精靈
발 디디는 곳마다 별이 가득하다

개나리3

살포시 고개 숙이고
수줍게 얼굴 붉히며 던지는 미소
다소곳한 네 모습이 너무 고와
심장이 쿵쾅쿵쾅 뛰며 마구 설렌다

곱디고운 네 앞에서
쌀쌀맞게 내 얼굴에 스치던 바람도
가던 걸음걸음 살며시 멈추고
숨죽여 너를 물끄러미 바라본다

바람개비 타고 실려 온 봄소식에
희망찬 내일을 꿈꾸고 그리며
바람 떠날 때 바람개비에 소망을 실어
아지랑이처럼 훨훨 날려 전하고 싶다

강굴

하굿둑이 만들어지기 전
썰물 때 읍내 가는 지름길
금강하구 기수역汽水域

손바닥만 한 선인장 같은
큼직한 석화石花가
벚꽃처럼 무더기로 피었지

싱싱하고 씨알 굵은 석화
한입 가득 넣고
씰룩씰룩 얼굴로 말하는 맛

벚꽃이 피었다는 소식에
이맘때쯤이면 그 옛날 석화가
하염없이 보고 싶고 그립다

개자추介子推 콤플렉스

십여 년 가시밭길 외유外遊 속에
제 허벅지 살 떼어내어 모셨건만

진문공晉文公 중이重耳는
왜 면산綿山으로 숨어들게 했는가

홀어미 모시고 불타 죽은 뜻은
'내 죽음으로 너 마음고생 해봐라.'

한식寒食날 찬밥 먹으며
상처 입은 그대의 영혼을 달랜다

금계국 金鷄菊

무더운 밤에
소나기가 한소끔 먼지잼하고
싱그러운 오월의 아침을 맞는다

하늘은 파랗고
살랑살랑 부는 바람 타고
양떼구름이 푸른 초원을 달린다

강물은 푸르고
산들산들 부는 바람 타고
조각배는 두둥실 무릉武陵을 향한다

한적한 길가에
샛노란 꽃무리가 날갯짓하며
정처 없는 내 발걸음을 잡는다

파란 하늘과 푸른 강물 사이에
샛노랗게 핀 네 아름다운 모습에
상쾌한 기분으로 하루를 시작한다

공갈恐喝

옛날 옛적에
달에서 옥토끼가 방아 찧는 줄 알았습니다
밤에 울면 호랑이가 물어가는 줄 알았습니다
공갈이었습니다
그러나 마음은 풍요롭고 행복했습니다

코흘리개 적에
붕어빵에 붕어가 들어 있는 줄 알았습니다
국화빵에 국화가 들어 있는 줄 알았습니다
공갈이었습니다
그래도 붉은 팥앙금은 달콤했습니다

우주 정복을 꿈꾸며
달 뒷면 착륙에 성공한 지금
이 땅은 무진장無盡藏 공갈 판입니다
가짜가 판치고 분열을 조장하는 세상에
구린내 풍기며 구정물만 콸콸 흐릅니다

이 땅엔 자유와 민주가 없고
이 땅엔 정의와 평화가 없고
이 땅엔 공화와 미래가 없고
이 땅엔 혁명과 통합도 없고
이 땅은 대안과 새로움도 없는 안갯속

소한小寒에 개구리가 기지개를 켜고
대한大寒에 개나리꽃 피고 목련꽃 망울지는
세상은 온통 요지경瑤池鏡 속입니다
공약空約만 난무할 봄 가장무도회假裝舞蹈會
공갈이 마파람에 먹구름처럼 밀려옵니다

한 표票

꽁꽁 언 영하零下의 세상
사람도, 차車도 몸을 움츠리고
엉금엉금 걸음마를 한다

꽁꽁 언 영하零下의 세상
시곗바늘도 고드름처럼 얼고
정맥이 시퍼렇게 얼어
퀭한 눈, 싸늘한 입술이 떤다

희살 짓는 붓두껍의 몸놀림에
세상은 마야의 달력이 되었고
나는 누구를 향해
의연하게 무거운 붓두껍을 들었던가

댑바람에 어제는 폭설
노대바람에 오늘은 빙판길
내일은 꽃바람 불어 언 땅을 녹일까

안개꽃에 고告함

삼십여 년 안개 낀 칠흑漆黑 같은 밤
마음 졸이며 발 벗은 채 지친 걸음으로
정처 없이 헤매며 찾은 우리의 들녘
오랜만에 갠 하늘에 뜬 태양 아래
우리는 부둥켜안고 꽃 덤불에 뒹굴었다

기쁨도 잠깐, 황금들판에 춤추던 벼가
외풍外風에 도륙屠戮을 당해 엎쳤고
열강列强에 의해 두 동강 난 들판에서
망석중으로 살아온 육십여 년의 세월
총부리를 겨누며 이념의 노예로 살았다

동토凍土에서 형제끼리 손을 맞잡고
뜨거운 눈물로 장밋빛 봄을 맞이하자
안개꽃아, 가시 돋친 빨간 장미와 함께
망석중의 끈을 끊고, 총부리를 거두며
우리 함께 얼싸안고 아리랑을 불러보자

DMZ 앞에서 평화통일을 그리다

동서東西 155마일 DMZ 원시림原始林에
가시 돋친 먹구렁이가 똬리를 틀고
남북의 형제는 용광로처럼 끓는 심장에
남극 얼음보다 차가운 총부리를 겨눈다

바람에 몸을 맡긴 구름과 파랑새는
이념의 강을 자유롭게 넘나들건만
봄 나비 따라 내려온 소년의 머리에는
어느덧 하얀 눈이 소복하게 내렸다

평화통일을 염원念願하는 남북의 후손이
똬리 튼 먹구렁이의 한恨을 달래 보내고
꽃핀 원시림에 짐승이 노래하고 뛰놀 때
남북의 형제 목 놓아 만세를 불러보리라

꽃비

꽃비가 켜켜이 내리는 하루
얇은 함석지붕 위에서
후드득후드득 콩 볶는 소리
고소한 냄새에 군침이 돈다

먹구름 속에 숨은 하늘은
메마른 땅에 생명수를 내주며
농부의 애타는 마음을 아는지
종일 꽃비가 시원하게 내린다

고단한 농사철에 기다리던 비
기우제 지내듯 애타게 기원하며
속울음 울던 농부의 가슴까지
시원하게 적시는 꽃비가 내린다

길을 걷다가 만난 봄

낮과 밤의 길이가 같은 춘분春分에
보문산 자드락길을 걸어봅니다
아직 바람과 공기가 차가워
상춘객賞春客의 옷차림에서는
포근한 봄을 느낄 수가 없습니다

길가에 풀들은 바람에 몸을 맡겨
이마에 땀이 송골송골 맺힐 정도로
푸릇푸릇하게 마음껏 뛰놉니다
양지바른 산자락에 매화와 산수유
꽃망울이 툭툭 터져 하양, 빨강, 노랑
색색의 팝콘처럼 벙글었습니다

겨우내 집에만 있기가 갑갑했는지
넘치는 에너지를 주체하지 못하고
개구쟁이처럼 문을 열고 밖에 나온 봄을
웃을 일 없는 세상길을 걷다가 만났으니
활짝 웃는 그의 가슴에 마음껏 안깁니다

냉이

그대와 내가 헤어지기 전
새끼손가락 걸고 약속했었지
첫눈 살포시 오는 날
첫새벽 샛별 아래서 만나자고

기다리던 첫눈 내리는 날
설레는 마음으로 약속 장소에
나가서 그대 오기만을 기다리다가
망부석 같은 눈사람이 되었소

함박눈 내리는 겨울이
꽃바람에 실려 가고 눈 녹은 자리에
겨우내 그 자리에서 그대 기다리다가
속이 까맣게 타버린 나

이제나저제나 그대가 오려나
하는 마음으로 언 땅에 두 발
힘주어 디딘 채 겨우내 내린 눈에
내 마음은 시커먼 재가 되었소

딸기

울 밑에 언 땅을 뚫고 나와
윤기가 좔좔 흐르는 너

초록빛이 빨갛게 익어 갈수록
새콤달콤한 맛을 내는 너

엄동설한에 꽃처럼 빨간 딸기
봄을 가득 머금은 너

입안에 가득 군침이 고인다

매화 梅花

매화야,
꽃잎이 꽃비처럼 네게 다가와
입맞춤하더냐?

매화야,
봄비가 바람처럼 네게 날아와
마음을 흔들더냐?

매화야,
겨울이 봄인 양 네게 다가와
사랑한다고 하더냐?

매화야,
하얀 드레스에 연분홍 낮빛의
너는 천사처럼 예쁘다

매화야,
은은한 네 향기가 봄바람 타고
내 마음에 물감처럼 스민다

백암산白岩山 진달래꽃과 할미꽃

햇살 비추면 씨익 웃는
매鷹 닮은 육백고지의
웅장하고 신비로운 백암산
개구쟁이 새들이 계곡물에 모여
재잘대며 물장구치던 곳

경인년庚寅年 유월 하순
산사람들과 군경軍警의 총격전
배티재 고갯마루에
이천오백여 명 피아彼我의
주검이 산처럼 쌓이고
자리공 열매보다 진한 피 흐르던 곳

이념과 노선이 다른 형제
서로 가슴에 총구를 겨누고
앗기고 앗아간 생명으로 맺힌
한恨 서린 고개와 골짜기에
충성의 최면 걸려 목숨 바친 영혼들

봄이면 한恨 맺힌 영혼들이
육백고지 서로 차지하려는 듯
흐드러지게 피는 연분홍 진달래꽃

이놈들아, 왜 싸움박질이냐며 말려도
듣지 않는 녀석들의 모습에
피눈물 흘리는 적자색赤紫色 할미꽃

민들레 홀씨

산과 들
하늘 향해
노랗게 수놓은 꽃

어느새
머리에는
서리가 내려앉고

바람에
하얀 머리카락
구름 타고 날갯짓

일편단심一片丹心, 민들레

"낭군님"하고 부르면
수줍어 고개 숙이는 너

세상 유혹에도 흔들림 없이
오로지 임만 기다리다가
가슴에 노란 멍 자국 남긴 채
눈을 감은 안타까운 너

죽어서도 임을 못 잊어
고샅길을 맴돈 자리마다
노란 꽃으로 피어 기웃대며
그리움으로 속만 탄다

"민들레야"하고 부르면
하얗게 탄 가슴 안고 가는 너

토끼풀 꽃

개울가 징검다리에 걸터앉아
물장난하는 윤 초시네 손녀딸보다
예쁜 소녀의 손놀림이 천진난만하다

쏟아지는 소나기를 움집에서 피하고
걸어오는 길섶에 토끼풀 꽃이
하얀 미사포를 쓰고 활짝 웃는다

꽃시계 채워주고 꽃반지 끼워주며
시간 가는 줄 모르고 깔깔대며 놀다가
해가 서산마루 넘을 때 걸음을 돌렸다

이제는 돌아갈 수 없는 그 시절
꾸미지 않아도 예쁜 너를 향한 마음
앨범 속 빛바랜 흑백 사진으로 남았다

신 헌화가新 獻花歌

긴 세월 함께한 애마愛馬를 타고
봄 길을 또각또각 걷는다
하늘에는 목화송이 뭉게뭉게 피었고
길가의 개나리꽃은 어린애처럼 해맑다

지푸재岾를 굽이굽이 넘을 때
하늘에서 벚꽃비가 나비처럼 사뿐 내리고
저 멀리 강바위산 절벽絶壁에
짙붉은 철쭉꽃이 활짝 웃고 있다

지금, 이 순간
사랑에 두려움 잊은 견우牽牛가 되어
그대가 나를 부끄러워하지 않는다면
절벽에 올라 저 꽃을 꺾어 바치고 싶다

북향화北向花

뽀얀 꽃망울 봉긋한 봄에
돌아오겠다며 새끼손가락 걸고
북망산北邙山으로 떠난 임
꽃이 지고, 잎이 지고, 눈 내리길
손꼽을 수 없을 만큼 지나고...

이제나저제나 임이 오시려나
못 잊어 꿈속에서도 못 잊어
이른 봄이면 언덕에 올라
물먹은 눈망울로 북쪽 바라보며
해 질 녘까지 서성거린다

잊으라고 그끄러께 말했었지
이젠 잊으라고 그러께도 말했었지
정말 잊으라고 지난해도 말했었지
허나 너는 오늘도 언덕에 올라
북쪽 하늘 바라보며 임을 그린다

꽃, 그리고 바람

봄아, 천천히 가거라
꽃아, 천천히 지거라
가기 위해 온 것은 아닐 테니
지기 위해 핀 것은 아닐 테니

옛 생각 보름달처럼 떠오르고
임의 향기 머금은 바람이
꽃의 귀에 속살거리며
길 없는 밤길을 서럽게 지난다

꽃은 푸른 하늘 아래 숨 쉬고
꽃씨 남기고 정처 없이 떠나는
바람의 향기를 들숨으로 마시며
야속하게 떠난 임을 그리워한다

떨어진 감꽃을 보며

한밤중 몰래 다녀간 한줄기 비에
감나무 후드득후드득 옷고름 풀고

암컷 뻐꾸기 삐삐삐삐 울음 속에
감꽃도 뽀얀 속살 흠뻑 젖었다네

한줄기 비가 우르르 쾅쾅 지난 뒤
감나무는 필요한 만큼만 꽃을 품고

내게 욕심을 툭 내려놓으라는 듯
흰 눈처럼 소복하게 내려놓은 꽃

봄비

봄비가 소리 없이 내리네
감미로운 그대 목소리처럼
설렘 속에 기다리는 꽃 편지
꽃바람 소리에 두리번거린다

봄비가 소리 없이 내리네
부드러운 그대 발소리처럼
남쪽에서 보고픈 홍매紅梅가
봄 향기 듬뿍 담아 보낸 편지

봄비가 소리 없이 내리네
사랑꾼의 사랑 이야기처럼
개나리 꼬물꼬물 기지개 켜고
백목련 보송보송 나비잠 깬다

채비

깊은 산골짜기에 사는 오솔길은
솜이불 덮고 겨울잠에 취해있고
앙상한 나무들은 추위에 까칠한 얼굴로
잔뜩 어깨를 움츠리고 떨고 있다

넉넉한 해풍을 품은 남쪽 매화골에는
새로운 봄 처녀 삼월이가 왔다고
상춘객들이 문지방 닳도록
기웃거리며 들락날락한다

삼월이가 새벽이슬로 꽃단장하고
목련이 피기 전에 만나자며
능수버들 아래 그네에서 기다린다니
겨우내 찌든 때를 훌훌 털고
철새처럼 나그넷길 나설 채비를 해볼까

봄, 첫사랑

새싹 같은 봄이 푸릇푸릇하게 자라고
비취색 금강의 윤슬은 햇빛을 받아
보석을 뿌려놓은 듯 반짝반짝 눈부시다

겨우내 사랑의 그리움 물오른 개나리는
첫사랑 고운 임 보고 싶어
콩닥콩닥 뛰는 가슴 설렘으로 가득하다

봉긋한 가슴 처녀꼴 갖춘 자목련은
첫사랑 고운 임 간절히 그리며
발그레한 낯으로 두근두근 수줍다

첫사랑의 설렘

산새가 사랑의 세레나데 부르고
수양버들 덩실덩실 어깨춤을 출 때
자드락길 모퉁이에서 수줍은 듯
불그스레한 얼굴로 미소 짓는 진달래

해는 서산으로 뉘엿뉘엿 기울고
첫사랑 설렘을 준 네 생각뿐인 나
누가 볼까 봐 딴청 부리듯 손잡고
노을처럼 붉어진 얼굴에 번지는 미소

너와 손잡고 자드락길 걸으며 나눈
꿀보다 더 달콤한 사랑의 밀어蜜語에
부끄러워 붉어지는 얼굴
어스름 달빛에도 숨길 수 없는 사랑

봄이 오는 소리

아직 추운 동토凍土의 세상
산골짜기 얼었던 계곡물은
꽃바람 타고 졸졸 흘러
봄이 온다는 소식을 알린다

봄이 오는 소리를 나는 듣는데
그대는 세파世波에 시달려
듣지 못하고 쿨쿨 잠을 자는지
애타게 불러봐도 대답이 없다

봄은 연녹색 새싹이 움트고
쳇바퀴처럼 도는 윤회輪廻의 시작
추운 겨울 동안 감았던 눈뜨고
웅크린 몸 일으켜 기지개를 켜자

꽃바람 타고 봄이 오는 소리
나비잠에서 깬 꽃망울 하품 소리
채밀採蜜하는 꿀벌의 날갯짓 소리
향긋한 봄 소리에 귀 기울이자

첫 만남, 기다림

한 해가 가고 또 한 해가 왔다
이제 배정받은 아이들과
만남을 준비하며 설레는 가슴으로
첫 만남을 기다린다

책상이며 의자를 닦으며
새롭게 태어날 아이를 기다리듯
이 생각 저 생각으로 손꼽아
첫 만남을 기다린다

긴장감이 감도는 적막의 공간
공작孔雀의 꽁지깃 같은 벚꽃을 보며
배움의 길을 좇아오는 아이들과
첫 만남을 기다린다

향기 가득한 꽃이 피고 지고
단풍 든 날 들판의 곤포사일리지보다
풍성한 양식을 얻어갈 아이들과
첫 만남을 기다린다

아이들이 가슴에 품은 꿈을
예쁜 그림으로 그릴 수 있게
손잡고 끌고 밀며 힘차게 나아갈
첫 만남을 기다린다

산수유山茱萸꽃

하루 종일 총총걸음으로
운동장 뛰어다니듯 뛰던 윗집 꼬마
고단한지 새근새근 잠든 밤

밖에 나가자고 조르는지
혼나가며 캉캉 짖던 아랫집 파피용
쫓기는 꿈 꾸는지 칭얼칭얼 잠든 밤

피곤한 줄 모르고 쉼 없이
일정 보폭으로 같은 운동장을 걷는
벽시계의 초침 소리가 벗이 되는 밤

바람이 베란다의 창문을 두드려
커튼을 열어 보니 아파트 울타리에
근엄한 소나무 한 쌍의 기막힌 막춤

이른 아침에 아파트 꽃밭 모퉁이
산수유 가지에 타임머신 타고 온 듯
이슬처럼 초롱초롱 맺힌 별똥별들

흘레

도랑물의 소야곡小夜曲 들으며
밤새도록 나눈 사랑 아쉬웠나
황홀한 눈빛의 뱀이 흘레한다

햇볕이 따가운 마당 한가운데
발정 난 암캐와 옆 동네 수캐가
부끄러운 줄 모르고 흘레한다

동네 잘생긴 씨수퇘지 데려와
암퇘지와 흘레를 붙이던 날
꽥꽥 동네방네 알나리깔나리

몰래 눈 흘레만 하던 갑돌이는
갑순이 가마 타고 시집가던 날
동구 밖에 숨어서 눈물 흘리네

격렬비열도格列飛列島

바다 사내의 억센 숨소리보다도
거친 칼바람이 귓전을 세게 때리고
망망대해 한가운데 격렬한 파도
활어의 은빛 비늘처럼 반짝이는 섬

주상절리는 유채색 머리를 하고
백 년 동백꽃은 자태를 뽐내며
하늘엔 괭이갈매기가 짝지어 날고
바다엔 곡우사리 떼 힘차게 헤엄친다

원시의 순수성을 그대로 지닌 섬
등대처럼 서서 별처럼 반짝 빛나는
손때가 묻지 않은 아름다운 섬
산둥山東의 개 짖는 소리에 번쩍이는 눈

동격렬비도를 용맹한 대장군으로
북·서격렬비도를 상장군으로 삼아
막강 스파르타군처럼 격렬하게
아홉 용사가 기러기 대형으로 난다

너2

나팔꽃의 기상나팔 소리에
깜짝 눈을 뜨는 이른 아침
이슬처럼 또르르 또르륵 굴러
내 마음속에 살며시 스민 너

이 생명 다하는 그 날까지
한 몸처럼 함께 눈 감고 뜨며
영원히 사랑하고 싶은 너는
내게 기쁨과 행복을 주는 사람

얼굴보다는 웃음이 예쁜 너는
웃음보다도 마음이 예쁜 너는
알퐁스 도데의 가장 빛나는 별
이 세상에 단 하나뿐인 사랑

모다깃비

예측할 수 없는 날씨처럼 참, 세상도 알 수 없더라.
맑은 하늘에 바람과 함께 비가 먹구름 타고 달려온
다. 회오리바람에 떼로 몰려온다. 곧은 절개의 소나
무도 인해전술에 속수무책이다. 계유년의 피바람도
이보다 더했을까. 임진년의 전투도 이와 같았을까.
혹시 저 소나무도 위정자爲政者처럼 겉과 속이 다른
걸까. 아니면 너무 곧아서 회오리바람과 서슬 퍼런
빗발에 굽히느니 차라리 죽겠다는 결연한 의지를 보
인 걸까. 모다깃비 네 모습이면 지금의 위정자爲政者
도 벌할 수 있지 않을까. 이해는 한다. 오죽하면 "임
금님 귀는 당나귀 귀"라고 외친 것처럼 너 또한 그
울분의 마음으로 죄 없이 올곧은 소나무들의 모가지
만 댕강 베었겠냐. 그 마음 이해한다. 이해한다. 그
러나 기축년 "천하는 공공의 물건이며, 누구를 섬긴
들, 임금이 아니랴" 외치던 인백仁伯의 목을 치듯이
뭇매를 치는 것이더냐. 그 칼날이 향할 곳은 썩어 빠진

위정자의 목이거늘 왜 죄 없는 민초民草만 짓밟는지

참, 세상은 알 수 없구나.

* 모다깃비 : 뭇매 치듯 한곳에 세차게 쏟아지는 비.
* 계유년癸酉年 : 1453년(단종1) 수양대군이 김종서와 세종의 여러 대군,
    대신들을 귀양보내거나 제거하며 마지막으로 단종을 제거하고
    정권을 장악한 계유정난癸酉靖難.
* 임진년壬辰年 : 1592년(선조25)부터 1598년까지 2차에 걸쳐서 우리나라에
    침입한 일본과 싸운 임진왜란壬辰倭亂.
* 기축년己丑年 : 1589년(선조22) 정여립이 반란을 꾀하고 있다는 고변告變에서
    시작되어 1591년까지 수많은 동인의 인물들이 연루되어 희생된
    기축사화己丑士禍.
* 인백仁伯 : 조선 중기 문신으로 정여립(鄭汝立, 1546년 ~ 1589년)의 자字.

해루질

보고 싶어 달려오는 밀물滿潮
헤어지기 마냥 아쉬운 썰물干潮
열두 시간 이십오 분 주기로
바닷물의 수면이 오르내린다

달의 인력으로 바닷물과 모래의
애틋하고 달콤한 용틀임이 끝나
노곤한 바닷가 질펀한 갯벌에
사랑의 흔적이 켜켜이 남았다

맛조개가 삐죽 고개를 내밀고
바지락은 헤벌쭉 입을 벌리며
엽낭게와 달랑게, 꽃게와 돌게
낙지, 소라와 고둥은 달마중한다

먼바다에선 어선의 집어등에
바닷물이 보석처럼 반짝 빛나고
은밀한 달빛 아래 솔바람에
쏟아지는 별빛을 해루질한다

* 해루질: 밤에 얕은 바다에서 맨손으로 어패류를 잡는 일

시우時雨

갈맷빛 녹음이 우거진 한여름
구릿빛으로 검푸른 연잎에
소나기 한줄기가 시원하게 내리고
멧새 가족이 연신 목물한다

경현루景顯樓 누각에 걸터앉아
연못을 내려다보니
빗방울의 소릿결에 맞춰
개구리가 개골개골 노래한다

연못의 수련睡蓮에 내리는 비는
일 없다며 후드득 콩 볶는 소리
골안개는 솔바람길 따라 우쭐거리고
농사철 때맞춰 내리는 시원한 단비

지상의 여름 운동회

비가 내리는 여름날
물구나무서서 세상을 보니
하늘과 땅도
덩달아 물구나무를 선다

땅엔 초파일 연등 닮은
보라색과 흰색의 바구니가
주렁주렁 가득하다

지상의 청군과 백군 운동회
하늘에서 수많은 공깃돌이
투닥투닥 새의 꽁지깃처럼
날카롭게 내린다

공깃돌 하나둘씩 바구니를
간질이고
어느새 하나둘씩 벙그러지는
보라색과 흰색의 꽃봉오리

한나절엔 판가름 나지 않을 승부
청군이 이길까 백군이 이길까
물구나무서서 바라보는
흥미진진한 지상의 여름 운동회

내 마음의 향기

금강엔
이름 모를 새떼의 군무가 펼쳐지고
어느새 내 발길은
잔물결 일렁이는 강가에 머문다
누구의 자취일까
풀밭 샛길을 흩어놓은
발자국들
누가 다녀갔느냐고 물어도
넘실거리는 파도는 말이 없다

금강엔
정처 없는 떼구름의 군무가 펼쳐지고
어느새 내 발길은
잔물결 일렁이는 강가에 머문다
역사의 흔적일까
강심에 물결을 흩어놓은
나이테들
무엇을 지켜봤느냐고 물어도
철썩거리는 파도는 말이 없다

금강엔
짙은 초록의 물결들이 바람에 춤추고
어느새 내 눈길은
구름 파도 둥실대는 하늘에 머문다
불어오는 남실바람에
파도는 여름 향기로 코끝을 간질인다
커피보다 진한 여름의 향기
그렇게 너의 향기를 언제나
느끼고 싶다

와이퍼 wiper

차라리 보이지 않으면 좋으련만
눈앞에 있는데 손잡을 수도 없고
비가 내리는 날마다 이별을 한다

비가 내리는 날이면 너를 만나
커피를 마시며 꿀 떨어지는 눈빛으로
사랑의 밀어蜜語를 속삭이고 싶다

사랑하는 마음으로 네게 다가갈수록
야속하게도 너는 이별의 손짓을 한다
이래서 사랑은 아프다고 하는 것일까

차라리 보이지 않으면 좋으련만
눈앞에 있는데 안아볼 수도 없고
눈이 내리는 날마다 이별을 한다

눈이 내리는 날이면 너를 만나
손잡고 돌담길 돌아 눈사람 될 때까지
내일을 약속하며 걷고 싶다

그리운 마음으로 네게 다가갈수록
얄밉게도 너는 이별의 손짓을 한다
사랑꾼인 양 나와 밀당을 즐기는 너

꽃누르미 사랑

주황색 곱디고운 능소화凌霄花 이슬 머금고
담장 너머 수줍게 얼굴 붉혀 넌짓 벙글 때
천태산 이재怡齋와 가진佳珍의 꽃누르미 사랑

* 이재怡齋 : 고려 공민왕의 호號
* 가진佳珍 : 공민왕이 부인 노국공주에게 지어준 고려식 이름

불영계곡佛影溪谷

백리향百里香 그득한
천축산天竺山 기슭에
고즈넉이 가부좌한 불영사佛影寺

멧부리에 선 부처立佛
촛대바위의 미소가
연꽃처럼 환히 번진 불영지佛影池

금강송金剛松 둘러친 숲속
구룡九龍이 하늘로 오르던
단하동천丹霞洞天 지나는 길

기암奇巖이 속살 드러내고
물안개 자욱한 계곡溪谷은
극락정토極樂淨土 향하는 길

아카시아꽃

오월의 끝자락 고운 햇살 받으며
순백純白으로 핀 아리따운 너는
숲속에 잠자는 공주보다 예쁘다

살랑살랑 불어오는 솔바람 타고
스미는 네 향기에 정신이 아찔하다

큰 키에 시원한 초록의 장옷 아래
하얀 버선코처럼 늘씬한 몸매의 너
'나 그대를 위해 피었어요'

숲속에 잠자는 공주보다 예쁜 너는
사랑의 향기로 내 마음을 잡는다

초병哨兵 시계의 가르침

하나, 둘, 셋, 넷, 하나...
구령에 맞춰 팔 흔들며 발을 내딛는
군기가 바짝 든 초병哨兵들의 행진

어떤 녀석은 학다리로 성큼성큼
다른 녀석들은 달팽이처럼 느릿느릿
보폭은 달라도 절도節度 있는 발걸음

지칠 줄 모르는 강철 체력의 특급 전사
통제된 연병장을 돌고 돌아 사열 준비
내가 아니면 누가 지키겠냐는 투철한 정신

어디서 그런 힘이 나느냐고 물으니
항상 제 자리를 맴돌지만 순간순간
새로운 시간을 살아 피곤하지 않단다

게을러 쫓기는 삶은 생각하지 않고
남 탓과 시간 탓만 하고 살아온 내가
부끄러워 얼굴이 홍당무처럼 붉어진다

해 뜰 녘과 해 질 녘

해 뜰 녘
붉은 해가 탯줄을 끊기 전에
하루를 시작한다
아궁이에 군불 지피면
굴뚝에서 연기는 춤을 추고
텃밭에 물을 주면
배추며 무 잎사귀에 청개구리가
폴짝폴짝 널을 뛴다
동산에 붉은 해 떠오를 때까지
들과 밭에서 흘리는 구슬땀에
마음 가득 풍년이 든다

해 질 녘
하얀 달이 노랗게 익기 전에
하루를 갈무리한다
가마솥에 여물죽을 쑤면
굴뚝에서 연기는 춤을 추고
물꼬를 터놓으면
이 논 저 논 무논에 개구리가
개골개골 노래한다
노을 진 강에 새떼가 보금자리 찾아
참깨처럼 까맣게 쏟아질 때
마음 가득 부자가 된다

항구港口의 모습

등대,
밤새도록 두 눈 부릅뜨고
파도와 싸우는 바다의 파수꾼

선착장,
바람과 거친 파도에 맞서며
지친 배들을 안아주는 보금자리

테트라포드tetrapod,
수고한 등대와 선착장을
사천왕처럼 지켜주는 무사武士

갈매기,
앨버트로스albatross의 후예인 양
바람에 몸을 맡기고 노래하며
뱃고동 소리에 어깨춤을 춘다

행복

비가 보슬보슬 내리는 아침
따뜻한 한 잔의 차茶를 마시며
세월의 여유를 만끽滿喫한다

하늘을 낮게 나는 잠자리처럼
네가 내 마음의 가장자리에
왔다갔다하며 빙글빙글 맴돈다

한 잔의 차茶에서 우러난 향香
오래전 맡았던 너만의 향기
비 내리는 오늘, 기분 좋은 날

누군가를 간간이 그리워하고
그리운 누군가가 있다는 것
문득문득 느끼는 소소한 행복

자운영紫雲英

폭포수瀑布水 새하얗게 쏟아지고
물보라가 무지갯빛 춤을 춘다

붉은 구름 양탄자처럼 깔린 곳에
신비로운 꽃밭은 끝없이 펼쳐지고

꽃보다 예쁜 너는 이곳에서 뛰놀며
길 따라 찾아간 나는 사랑에 빠졌다

하룻밤 화톳불 같은 사랑을 맺고
평생을 약속하며 나는 길을 떠나고

주변의 반대로 오도 가도 못한 나를
너는 꽃이 지고 필 때마다 기다렸지

애간장을 태우며 기다리던 너는
꽃이 지던 날에 꽃과 함께 떠나고

뒤늦게 네 무덤가에 죄인처럼 선 나는
회한悔恨의 눈물만 뚝뚝 흘렸다

눈물 떨어진 무덤가에 꽃이 피고
나는 꽃 닮은 너를 그리며 하냥 운다

보릿고개

봄이 오면 예쁜 꽃이 피고
마음은 풍선처럼 부풀어 올랐다
먹을거리가 없던 춘궁기春窮期에
고장 난 배꼽시계는 시도 때도 없이
꼬르륵꼬르륵 밥 달라고 조르고
나숭개, 소루쟁이, 질경이, 쑥 캐어
주린 배를 채우고 물로 배를 속였다

먹을거리가 흔전만전한 지금
코로나 감염증이 생명을 위협하여
거리는 적막하고 가게는 텅 비었다
감염을 막고자 지키는 사회적 거리 두기
외출을 자제한 지금 돈이 돌지 않고
손孫 없어 문 닫는 가게가 속출하는
지금은 현대판 웃픈 보릿고개

메꽃Bindweed

용광로 같은 가슴에 이글거리는 태양
활활 불타는 심장은 오직 임 생각뿐
그리움으로 열사熱砂의 하늘길 걸으며
고질痼疾의 화풍병花風病을 끙끙 앓는다

타는 목마름으로 비틀거리며 걷다가
전장戰場의 이름 없는 주검이 되어서도
사랑하는 사람만 생각하면 뛰는 심장
꽃으로 피어 사랑하는 임을 마중한다

둘러친 울의 탱자나무 가시에 찔려도
짙붉은 태양을 향해 중단 없는 걸음
수줍게 상기된 얼굴로 임을 기다린 너
죽어서도 잊을 수 없는 하나뿐인 사랑

물수제비뜨기

풀싹 찾아 이동하는 양떼구름
걸음 멈추고 목축임 하는 시냇가

햇살에 윤슬이 살랑살랑 춤추고
목동은 동글납작한 돌 하나 들어
반짝이는 물 위로 팔매를 친다

섬광閃光 번쩍, 비행접시처럼
순식간에 날아간 조약돌

물 위를 담방담방 스치고 튕기며
걸음을 사뿐사뿐 옮긴 자리마다
쫀득한 물수제비를 맛있게 뜬다

이병오어二餠五魚의 기적같이
물수제비가 그릇그릇 푸짐히 담긴다

외도外島

그곳에 가고 싶다
긍정의 섬
그곳엔 사랑이
살고 있다

사계절 아름다운 꽃이
피고 지고
온갖 물고기가 뛰어노는 곳
산새와 물새가
친구가 되는 섬
그대와 내가
하나가 되는 섬

그곳에 가고 싶다
긍정의 섬
그곳엔 희망이
살고 있다

꽃 이파리

새색시처럼 수줍은 얼굴로
모두 잠든 새벽에 별똥별 타고
하늘에서 사뿐 내려 왔는가

숲속 연못에서 목욕하며
지상의 향연饗宴을 즐기던
선녀의 옷은 꽃 이파리가 된다

하늘에서 연분홍 꽃 이파리가
눈송이처럼 포르르 날갯짓하며
두 어깨에 살포시 내리고

지난밤 바람에 테미의 벚꽃은
나비처럼 사뿐사뿐 날아올라
밤하늘에 초롱초롱한 별이 되었다

홍시紅柿

헤아릴 수 없을 만큼
마음속에 허락도 없이 들락날락
불타는 가을 단풍처럼
내 마음이 곱게 물든 줄 어찌 알고
불타는 심장을 쪼아 선혈鮮血을 뿜어
산하山河를 붉게 물들이는지

명월明月이처럼 넓은 마음으로
그리운 소식 가지고 오길 기다리며
풍등風燈처럼 까치밥으로 남겼더니
까치 아닌 잡새들이 들락날락
사랑의 불쏘시개에 불을 붙여
몸이 달대로 달았다

영원한 사랑

봄 여름이 강물처럼 흘러 흘러
꽃이 피고, 녹음이 우거지고
갈 겨울이 바다처럼 품고 품어
열매 맺고, 단풍이 우수수 지고
영하의 동토凍土가 된다

자유연애의 의지를 굽히지 않고
오직 첫사랑을 가슴에 품은 죄로
하늘의 미움 받아 지상으로 유배와
십자가에 못 박힌 예수처럼
언 땅에 갇혀 가혹한 벌을 받는다

밤하늘의 무수한 별이 쏟아져
밤낮으로 솜이불처럼 감싸 안으며
눈보라 치는 언 땅속에서 움트고
별 닮은 복수초, 꽃망울을 터뜨려
금빛 햇살처럼 삐죽 얼굴 내민다

첫사랑과 영원한 사랑 꿈꾸며
두근거리는 가슴으로 임을 찾고
하늘과 땅에서도 아름다움에 취해
내 곁을 애처롭게 맴도는 짝사랑아
너와 나, 애절한 상사화 같은 사랑

꽃송이의 소원

오직,
그대가 내게 눈길 주면
대가代價 없는 무모한 사랑의
부나비가 되련다

오늘,
그대 향한 불나비사랑
온종일 날갯짓으로 지친 몸을
솔솔바람에 맡긴다

하루,
꽃이파리가 나비처럼
그대 곁으로 날아갈 수 있다면
하루살이도 좋다

소원,
박제剝製된 목석보다는
순간을 살아도 그대의 가슴에
포근히 안기고 싶다

베르테르Werther의 슬픔

봄비가 보슬보슬 내리는 날
파리한 목련의 눈가에 이슬이 맺히고
오직 널 향한 처연悽然한 그리움은
가슴골 따라 빗물처럼 스민다

노란 조끼에 푸른 망토의 그와
하얀 드레스에 친절하고 상냥한 그녀
무도회 첫 만남은 가슴에 불을 지피고
꿈속에서도 꺼지지 않는 불잉걸 사랑

운명의 장난처럼 짝이 있는 그녀
질정叱正할 수 없는 마음으로
입맞춤은 끝 모를 방황의 늪 헤매다가
불나방처럼 날아 밤하늘의 별이 되었다

간월암看月庵

밀물이 들면 한 떨기 연꽃으로 피어
거친 파도가 끝없이 구애求愛하는
부처佛陀의 세계

색즉시공色卽是空 공즉시색空卽是色
진리의 본질을 현상으로 보여주는
섬島이 절寺이고 절이 섬인 암자庵子

무학대사는 이곳에서
달을 보고 도道를 깨우쳤다고 하네

해탈문을 들어서 동백冬柏 앞에 서도
해탈解脫 하지 못한 채
마음속에 번뇌煩惱만 가득하다

반야般若와 번뇌煩惱가 둘이 아님을
일주문一柱門 석등石燈을 지나고도
깨우치지 못한다

차가운 바닷바람은 불고
바람에 몸을 맡겨 흔들리는 나뭇잎
마음도 덩달아 흔들린다

넓은 갯벌에 바닷물이 가득 차고
달이 텅 빈 하늘에 가득 찰 때滿空
도道가 무엇인지 깨우칠 수 있겠지

가을 나무

건들바람에 소슬비가 내리고
은행나무와 플라타너스는
젖은 옷을 하나둘씩 벗는다

입술 붉은 샐비어Salvia가
애처롭게 울부짖을 때
하늘을 온몸으로 받들고 섰다

가진 것을 미련 없이 훌훌 벗고
서릿발에도 의연하게 서 있는
껍데기를 벗어던진 자연의 순수

나팔꽃 Morning Glory

너는 꽃보다 아름다운 해어화 解語花
나는 시골에 가난한 화가 견우 牽牛

너는 멀리 있어도 반짝 빛나는 별
나는 네 주변을 떠도는 구름

너는 수평선 너머 꿈을 좇는 등대
나는 네 주변을 맴도는 돛배

오랜 세월 속에 연 緣을 맺어
꽃길 날마다 거닐던 너와 나

시샘으로 알 수 없는 슬픈 이별
날마다 눈물로 지새우다 잠드는 밤

낮에는 망망대해의 등대를 품고
밤에는 까만 하늘의 별을 품으며

간절한 그리움으로 외로운 나는
선 채로 심장이 멎어 꽃이 되었다

곶감 말리기

노는 데 팔려 밥때 늦게 들어와
벌서는 것일까
엄마에게 부지깽이로 얻어맞고
벌거숭이로 쫓겨난 개구쟁이들

서로 물구나무서기를 내기하듯
오伍와 열列을 맞춰 숨을 꾹 참고
피가 거꾸로 몰려 빨개진 얼굴
뭐가 좋은지 눈 맞춤에 키득거린다

횃대에 대롱대롱 매달린 개구쟁이들
추위에 단풍보다 붉어진 속살에도
무엇이 그렇게 좋은지 물구나무서서
천진난만하게 낄낄대며 장난질한다

국도화菊桃花

불가佛家의 윤회輪廻는
석가모니의 설법說法처럼 맞더라

서릿발 날리는 모진 세상에도
꿋꿋이 고개 든 올곧은 기상의
국화가 복사나무에 환생하였더라

겨우내 차가운 땅속 깊은 곳에
붉은 심장을 꽁꽁 감췄다가
봄에 뜨겁게 피 울음을 토하더라

세상 풍파風波에 못다 한 이야기
주술呪術 나무에 꽃으로 피었더라

구운몽 九雲夢

도道 닦아 해탈을 꿈꾸던 나
벙그러진 복숭아꽃 꺾어
팔선녀에게 추파를 던지며
티끌세상을 가슴에 품고
일장춘몽의 양소유가 된다

복숭아꽃 분홍 길 걸으며
볼 불그스레 예쁜 여인들
팔선녀와 인연을 기원하고
달콤한 구운몽을 그리며
일장춘몽의 양소유가 된다

기약 없는 너

봄아, 어디쯤 오고 있니?
겨울이 그렇게 춥더냐?
언덕과 길모퉁이에
위 ~ 잉, 휘 ~ 잉
요란스럽게 우는 바람 소리

개나리가 부스스 눈을 뜨고
한껏 기지개 켜는 모습에
네가 가까이 왔다는 설렘
해가 가려진 회색 날씨에
을씨년스럽게 울어대는 바람

널 기다리건만 기약 없구나
그래도 기다릴 것이다
너 올 때까지 기다릴 테다
넌 반드시 내 곁으로
올 테니, 오고 말 테니 말이다

길

새벽안개 자욱한 강 이쪽에
모든 것을 벗어버리고
푸른 안개 가득한 강 저쪽에
세상의 짐을 벗어 던져라

나는 무진霧津의 안개를 밟고
안개는 물길을 밟으며
물길은 솔향 가득 오솔길 밟아
햇빛과 한줄기로 맞닿았다

떠나간 첫 기차의 기적소리만
아스라이 남은 기찻길에 서서
텅 빈 하늘 향해 손을 흔들지만
돌아오는 건 아무것도 없다

서산마루에 아치랑거리던 해
별빛 흐르는 밤으로 이어지고
쓸쓸한 바람만 지나는 고샅길
어둠 속에 꾸벅꾸벅 졸고 있다

감나무에 하얀 달빛이 걸리고
가로등은 입김만 호호 부는데
너나들이하던 사람 오간 길은
똬리 튼 뱀처럼 쓰윽 흘러간다

낙엽

발걸음을 멈추게 하는 그대
지난 세월 떠나기 전에 노래하고 춤추는
빛바랜 갈대와 은빛 억새의 허리춤을 안고
윤슬 반짝이는 강심江心을 흔드는
실바람도 부여잡는다

발걸음을 멈추게 하는 그대
가이아Gaia가 24색 파스텔 물감으로 그린
알록달록 불타는 대지의 바짓가랑이를 부여잡고
신의 계시로 코스모스를 그리고 있는
고추잠자리의 시선도 사로잡는다

발걸음을 멈추게 하는 그대
여름부터 가을까지 참새떼 지키며
주인 눈에 들어 새 옷 한 벌 얻어 입으려던
허수아비가 서운하여 텅 빈 들판에서 울 때
말없이 흐느끼는 어깨를 감싼다

발걸음을 멈추게 하는 그대
눈길 한 번 주지 않고 뒤돌아서서 걷는
내 발걸음에 심장이 짓밟히면서도
사랑했다고 미소 지으며 속삭이는 네 목소리가
내 마음을 사로잡는다

꽃이 된 별

하늘에 흩어 심어 놓은 외씨
반짝 별처럼 주렁주렁 열리고
내 마음에 꽃비 되어 내린다

별 하나,
사랑하는 임 밤마다 그리다가
애가 타서 새하얗게 피었고

하나 별,
그리운 임 날마다 기다리다가
파르라니 보랏빛으로 피었다

불꽃보다 활활 타오르던 그녀
고운 임 그리다가 진 자리에
잰걸음마다 하얀 꽃으로 피었다

들꽃처럼 예쁘고 수줍던 그녀
떠난 임 기다리다 진 무덤에
이슬 맞으며 보라 꽃으로 피었다

영원히 변치 않는 사랑의 꽃
함초롬히 이슬 내려앉은 새벽
수줍게 미소 머금고 임 기다린다

가을에

하늘은
파란 물감을 풀어놓은 듯 시원하고
마음은
새의 깃털처럼 가볍게 훨훨 난다

구름은
노을빛 솜사탕처럼 스르르 녹고
기다림은
까만 밤 보름달처럼 커져만 간다

그리움은
가슴속에 단풍丹楓처럼 짙붉게 타고
달콤한 사랑은
빨간 사과처럼 주렁주렁 열린다

너처럼 예쁘다

꽃바람이 분다
꽃이파리가 꽁지깃을 세우고
뽀로로 날아가네

너처럼 예쁘다

꽃비가 내린다
꽃이파리가 발뒤꿈치 들고
까치걸음으로 사뿐 걷네

너처럼 예쁘다

강아지풀狗尾草

입추立秋가 말복末伏을 밀어내고
처서處暑와 백로白露가 성큼 다가올 때

아침저녁 바람은 산들거리고
푸른 하늘에 뭉게구름은
하얀 풍선처럼 훨훨 날갯짓한다

사과대추 붉게 물들고
밤송이 아람 열어 고개를 빼꼼 내밀 때

강아지풀 살랑살랑 춤추며
바짓가랑이를 붙잡고 오르락내리락
꼬리를 흔들며 나를 간질인다

가을 풍경

진주홍津朱紅 바람이 살랑살랑 불고
막걸리 한 잔에 볼 빨간 고추잠자리
무심한 허수아비의 코끝을 간질인다

키득거리며 장난치는 고추잠자리를
짐짓 모른 척하고 받아주는 허수아비
마냥 신명 나는 농부의 콧노래 소리

장대로 새빨간 홍시紅柿 따는 옆에서
촐랑대며 재롱을 피우는 까치들을
짐짓 모른 체하며 까치밥을 남긴다

오리 떼가 구름과 벗하며 날갯짓하고
웃음꽃을 피우며 김장 무와 배추 뽑는
가족들의 손놀림이 왁자지껄 바쁘다

꽃, 가을

단풍은 가을처럼 물들어가고
가을도 봄처럼 아름다워라

봄은 꽃이 피어 아름답지만
가을은 단풍 들어 아름답더라

눈길 두는 곳마다 물드는 단풍
가을은 꽃처럼 아름답더라

나뭇잎도 꽃이 되는 가을은
온통 세상이 불타는 꽃밭이더라

달콤한 마시멜로marshmallow

가을을 재촉하는 바람이 불고
황금 들판에 기계가 지나가면
나락은 포대에 가득 쌓이고
기계의 선명한 궤적軌跡 따라
하얀 마시멜로가 가득 쌓인다

저 큰 마시멜로는 누가 먹지
잭Jack과 콩나무 속 거인ㅌㅅ 것인가
나는 너무 커서 먹을 수 없어
눈으로 보고 입맛만 다실 뿐
정말로 군침 도는 달콤한 마시멜로

* 마시멜로 : 곤포 사일리지(梱包 silage/ Bale Silage)
  (볏짚에 발효제를 뿌려 비료로 사용하기 위해 흰 비닐로 감아 놓은 것)

그리움을 빚는 밤

선녀의 날개옷 가지고 숨어든 숲속
애타게 그립고 간절히 보고 싶은데
그는 하루도 나를 찾아오지 않았다

새벽안개 몽실몽실 피어오를 때
그리운 그를 찾아서 보물찾기하듯
이 골짜기 저 골짜기를 헤맨다

나는 하루도 빠짐없이 길을 나서
그가 없이는 한 뼘도 날지 못하는
숲속의 선녀처럼 쉼 없이 헤맨다

달빛도 고단한지 뒤뜰에 내려앉아
사랑과 정한情恨 한지韓紙 창에 스미고
잠들지 못한 오늘 밤 그리움을 빚는다

가을꽃에 맺힌 빗방울

가을비가 촉촉이 내리는 아침
들길에 활짝 핀 살사리꽃
빗방울이 초롱초롱 맺혀 있다

가을비가 쓸쓸히 내리는 오후
오솔길에 수줍게 핀 쑥부쟁이
빗방울이 몽글몽글 맺혀 있다

가을비가 구슬피 내리는 밤
비탈길에 하얗게 핀 구절초
빗방울이 송골송골 맺혀 있다

널뛰기

설 즈음이면
팽나무가 서 있는 밭마당에서
또래의 어린 소녀 여남은 명이
따 빗은 머리에 도투락댕기 나풀대며
색동옷 입고 노래 부르며 널뛰었다

지금은
질곡桎梏의 역사 숨 쉬는 경복궁에
나이를 알 수 없는 외국 소녀들이
파마머리에 남바위 쓰고
한복을 입고 깔깔대며 널을 뛴다

기우뚱 오르면 내려오고
내려오면 오르는 이치가
뜨고 지는 해와 달 같은데
지난날이 오늘보다 그립고
마음에 아로새겨짐은 어쩐 일인가

동백꽃이 진다

천사처럼 내리는 눈 위에
붉은 동백꽃이 진다

심장의 피를 뿜어 만든 꽃
필 때보다 질 때가 멋진 네게
배우는 고고한 삶의 자세
질 때도 입 닫고 눈을 뜬
의로운 지사志士의 기개氣槪

동백꽃 붉게 진 자리에
흰 눈이 눈물짓는다

야명조夜鳴鳥의 삶

만년설이 하얗게 쌓인 밤
하늘과 땅이 하나 된 히말라야 설산
검은 새 무리가 빙빙 돌며 후회한다

'놀지 말고 집을 지을걸'

붉은 태양이 따뜻하게 떠오르면
신나게 히말라야 설산을 오르락내리락
얼음 지치며 시간 가는 줄 모르고 논다

'오늘을 마음껏 즐기자'

살을 에는 추위를 견디기 위해
깃털과 깃털을 맞대면 달라붙고
온몸이 망부석처럼 꽁꽁 얼어붙어 운다

'내일은 집을 지으리라'

달콤한 태양에 취해 빙하의 밤을 잊고
오늘 할 일을 내일로 미루며 살아가는
어리석은 삶을 돌아보며 후회한다

'놀지 말고 집을 지을걸'

마농 레스코Manon Lescaut

동백이 정절 지키다 붉게 진 자리에
버들가지의 옹달샘은 사랑이 샘솟고
청춘의 심장은 부푼 풍선처럼 벙근다

숙명 같이 만나 사랑에 눈이 먼 우리
눈감고 귀 닫고 탐한 너와 나의 사랑
모래밭에서 눈물의 씨앗이 될 줄이야

오직 사랑 좇아 본능에 충실할 뿐인 나
널 위한 사랑은 신神도 버릴 수 있어
너는 내가 세상을 살아가는 이유이니까

네 마음을 이끈 것은 사치와 향락뿐
허영을 좇다 일탈과 파멸의 강을 건넌
오호, 내 사랑이여 곁에만 있어 다오

가난했지만 정말 행복했던 삶도 잠깐
함께 할 오아시스를 발견하지 못한 채
모래밭에 붉게 핀 정열의 해당화海棠花

죽어서도 영원히 잊을 수 없는 사랑
따가운 눈총 맞을 일인 줄 알면서도
널 향한 그리움이 파도처럼 밀려온다

* 마농 레스코Manon Lescaut : 프랑스 소설가 아베 프레보
(Abbe Prevost, 1697~1763)의 소설.

꽃바람이 분다

꽃이파리가 꽁지깃을 세우고

뽀르르 날아가네

너처럼 예쁘다

너처럼 예쁘다

문철호 제2시집

2020년 5월 1일 초판 1쇄
2020년 5월 5일 발행
지 은 이 : 문철호
펴 낸 이 : 김락호
디자인 편집 : 이은희
기 획 : 시사랑음악사랑
연 락 처 : 1899-1341
홈페이지 주소 : www.poemmusic.net
E-Mail : poemarts@hanmail.net

정가 : 10,000원
ISBN : 979-11-6284-201-0